COLLECTION DE M. DE S...

TABLEAUX MODERNES

IMPORTANTS

OBJETS D'ART ET D'AMEUBLEMENT

MARBRES

Me CHARLES OUDART
COMMISSAIRE-PRISEUR

M. ÉMILE BARRE
EXPERT

A. Quantin imprimeur
S. Benoit — 7 à Paris

CONDITIONS DE LA VENTE

Elle sera faite au comptant.

Les adjudicataires payeront *cinq centimes par franc* en sus des enchères, applicables aux frais.

L'Exposition mettant les Adjudicataires à même de se rendre compte de l'état et de la nature des objets, il ne sera admis aucune réclamation une fois l'adjudication prononcée.

CATALOGUE

DE

TABLEAUX

MODERNES

IMPORTANTS

OBJETS D'ART ET D'AMEUBLEMENT

MARBRES

COMPOSANT UNE PARTIE

DE LA COLLECTION DE M. DE S...

DONT LA VENTE AURA LIEU

HOTEL DROUOT, SALLE N° 1

Le Samedi 5 Mai 1877

A TROIS HEURES

COMMISSAIRE-PRISEUR	EXPERT
Mᵉ CHARLES OUDART	M. ÉMILE BARRE
31, rue Le Peletier	20, chaussée d'Antin

EXPOSITION PUBLIQUE

LE VENDREDI 4 MAI 1877, DE 1 HEURE 1/2 A 5 HEURES 1/2

DÉSIGNATION

TABLEAUX

ACHENBACH

(OSWALD)

1. — La Fontaine.

Au rond-point d'une allée, dans un parc planté d'arbres séculaires, une fontaine occupe le centre d'un bassin autour duquel circulent ses groupes de figures.

Œuvre de premier ordre.

Signé à gauche : *Osw. Achenbach*, 76.

T. — H., 0^{m},64. L., 0^{m},47.

BEAUMONT

(ÉDOUARD DE)

2. — La Partie de dés.

Dans l'intérieur d'une cour, des lansquenets, morion en tête, hallebarde au poing, jouent aux dés; deux femmes à demi-nues, enchaînées, accroupies sur le sol. Un jeune homme regarde avec compassion les deux prisonnières.

Signé à droite : *E. de Beaumont*, 56.

T. — H., 0m,60. L., 0m,45.

BERNE-BELLECOUR

(E.)

3. — Le Lavoir.

Au bord d'une mare, un soldat en pantalon garance, agenouillé, lave le linge d'ordonnance. De l'autre côté de la mare, un petit hangar qui se reflète dans l'eau.

Effet de lumière d'une grande finesse.

Signé à gauche : *E. Berne-Bellecour,* 1873.

B. — H., 0m,12. L., 0m,15.

CHAPLIN

(CHARLES)

4. — La Soubrette.

Une jeune soubrette, coquettement vêtue : jupe rose, corsage bleu. Elle porte sur un plateau une carafe de vin d'Espagne et deux verres.

Signé à droite : *Ch. Chaplin*, 1871.

T. — H., 0^m,00. L., 0^m,00.

COROT

5. — L'Auge.

Au bord d'un cours d'eau, encaissée dans une vallée boisée, une auge de pierre, auprès de laquelle se tiennent quelques femmes. Au loin, dans le ciel matinal, une silhouette de village.

Signé à gauche : *Corot*.

T — H., 0^m,46. L., 0^m,38.

DELACROIX

(EUGÈNE)

6. — Le Combat.

Deux cavaliers maures se ruent impétueusement l'un contre l'autre. Celui qui occupe le premier plan est monté sur un cheval blanc dont le profil se détache en lumière sur la robe bai-brun du second cheval. Dans le fond, à droite, d'autres combattants.

Composition d'un magnifique mouvement.

Signé : *Eug. Delacroix.*

T. — H., 0m,80. L., 1m,00.

DELACROIX

(EUGÈNE)

7. — Daniel dans la fosse aux lions.

Entouré des terribles animaux dont la mâchoire se contracte en baillements formidables, le prophète assis, de face, se retourne vers un ange qui, les ailes et les bras étendus, plane dans l'abîme, dans l'attitude et avec le geste d'un dieu protecteur. Une clarté mystérieuse descend du haut de la toile et enveloppe de ses reflets toute la composition.

Œuvre incomparable du maître.

Signé à gauche : *Eug. Delacroix*, 1853.

T. — H., 0m,72. L., 0m,60.

DELACROIX

(EUGÈNE)

8. — Cléopâtre.

La reine, à demi-nue, les bras et les cheveux chargés de bijoux, est couchée sur un lit de repos. Elle se retourne à demi vers l'esclave qui lui apporte un panier de figues contenant l'aspic. Dans le fond, deux esclaves attentifs.

Petit tableau de la plus haute qualité.

Signé au centre : *Eug. Delacroix.*

T. — H., 0^{m},28. L., 0^{m},36.

DETAILLE

(ÉDOUARD)

9. — Sapeur de chasseurs à pied.

Signé à droite : *Édouard Detaille,* 1874.

T. — H., 0^{m},45. L., 0^{m},33.

DIAZ

(NARCISSE)

10. — Jeune Famille grecque.

Une jeune femme assise sous de grands arbres, revêtue d'un costume grec somptueux, tient sur ses genoux une petite fille habillée de satin rose qui envoie du bout des doigts un baiser à un chien griffon posé sur son derrière. Une autre fillette prend part à la scène. Elle se tient debout et se penche vers l'animal qui lève les yeux et le museau vers l'enfant. — A gauche à terre, une corbeille pleine de fleurs.

Fond de ciel et de paysage.

Tableau de la plus belle coloration et de la meilleure époque du maître.

Signé à gauche : *N. Diaz*, 57.

B. — H., 0^{m},53. L., 0^{m},33.

DIAZ

(NARCISSE)

11. — Le Sentier dans la forêt.

A droite et à gauche de grands arbres au tronc rugueux, blanchi de mousses séculaires. Sur les bas-côtés du chemin des quartiers de roche émoussés. Au premier plan l'ombre des hautes futaies. Au delà le soleil, la lumière d'un ciel d'azur où moutonnent quelques nuages; puis la forêt de chênes. Au centre, une figure d'enfant portant un fardeau.

Tableau type des compositions du même ordre dans l'œuvre de maître. Les moindres détails y sont exécutés avec un rare souci de la perfection.

Signé à gauche : *N. Diaz*, 1874.

B. — H., 0m,46. L., 0m,58.

DIAZ

(NARCISSE)

12. — Jeunes Femmes turques.

Quatre jeunes femmes turques sont assises dans la campagne, écoutant les récits d'une cinquième, qui leur parle debout.

Signé à gauche : *N. Diaz.*

T. — H., 0m,00. L., 0m,00.

*

DE DREUX

(ALFRED)

13. — L'Abreuvoir.

Un cavalier noir en costume maure, se tient debout, le bras gauche appuyé sur le col d'un cheval blanc richement caparaçonné. Au premier plan, une mare reflétant le ciel. Dans la perspective, on aperçoit d'autres chevaux ; à l'horizon, des collines derrière lesquelles apparaissent des lueurs de soleil couchant.

Signé à gauche : *Alfred De Dreux.*

T. — H., 0^{m},75. L., 0^{m},92.

DE DREUX

(ALFRED)

14. — La Levrette.

Une levrette blanche, debout auprès d'un épagneul allongé sur le sol, occupe le premier plan d'un paysage boisé. Au tournant d'une allée, on aperçoit un cavalier avançant au pas d'un cheval alezan.

Signé à droite : *Alfred De Dreux.*

T. — H., 0^{m},75. L., 0^{m},92.

DE DREUX

(ALFRED)

15. — L'Amazone.

Une jeune femme en costume d'amazone est montée sur un cheval blanc lancé au petit galop de chasse. Fond de paysage. Effet de lumière charmant.

T. — H., 0^m,33. L., 0^m,25.

DUPRÉ

(JULES)

16. — Le Chemin du village.

A gauche du chemin que traverse un paysan, un vieux chêne dresse ses ramures dans un ciel nuageux. A droite, des chaumières.

Signé à droite : *J. Dupré.*

T. — H., 0^m,46. L., 0^m,38.

DURAN

(CAROLUS)

17. — La Gitana.

Une belle fille au teint bruni, aux cheveux épars piqués d'une fleurette rouge, les épaules nues et assise sur un quartier de roche. Elle tient dans la main gauche posée sur ses genoux une cigarette allumée. La silhouette de la fillette s'enlève sur un fond de ciel limpide que raie le vol de quelques oiseaux.

Signé à droite : *Carolus Duran*, Bruxelles, 1871.

— H., 0^{m},95. L., 0^{m},68.

EGUSQUIZA

18. — La Sieste.

Signé en haut, à droite : *Egusquiza*.

B. — H., 0^{m},22. L., 0^{m},13.

FERRÈRE

(CÉCILE)

19. — Jeune Fille bretonne.

Signé en haut, à droite : *Cécile Ferrère.*

T. — H., 0m,64. L., 0m,52.

VAN HOVE

(VICTOR)

20. — Le Goûter.

Une femme du peuple, vêtue d'une camisole blanche flottant sur un tablier bleu et une jupe noire, la tête coiffée d'un madras jaune, boit à la bouteille. Elle est debout devant une table, où se voient un saladier et les reliefs d'un repas. Divers accessoires, deux chaises de paille, un chapeau d'homme accroché au mur.

Signé à droite : *V. Vanhove.*

T. — H., 0m,62. L., 0m,51.

INGRES

21. — Les trois Philosophes.

Fragment de l'*Apothéose d'Homère*, provenant de la collection de Théophile Gautier.

Signé à gauche: *Ingres*, 1866.

B. — H., 0^m,38. L., 0^m,45.

ISABEY

(EUGÈNE)

22. — L'Attente.

Sur le bord d'une plage bordée de grands moulins à vent, un groupe de jeunes femmes et de cavaliers regarde au loin sur la mer. A droite, des attelages, les premières maisons d'une ville.

Signé à droite: *E. Isabey*, 46.

T. — H., 0^m,46. L., 0^m,64.

JADIN

(G.)

23. — Lévriers.

Trois magnifiques lévriers de formes athlétiques couchés sur un parquet.

Peinture puissante d'une énergie de facture admirable.

Signé à droite :

A Théophile Gautier, son vieux camarade.

(J. JADIN).

Vente Théophile Gautier.

T. — H., 0^m,76. L., 0^m,95.

LAZERGES

(PAUL)

24. — Fleurs.

Signé à droite : *Paul Lazerges*, 1871.

B. — H., 0^m,53. L., 0^m,36.

LEPIC

25. — Plage à marée basse.

Plusieurs barques de pêche sur le rivage et en mer.

Signé à droite : *Lepic.*

T. — H., 0^{m},54. L., 0^{m},65.

LEPIC

26. — Plage à marée basse.

Signé à droite : *Lepic.*

T. — H., 0^{m},65. L., 0^{m},54.

LIEBERMANN

27. — Basse-cour.

Signé à droite : *Liebermann.*

T. — H., 0^{m},38. L., 0^{m},46.

MUNKACSY

(MICHEL)

28. — La Mère nourrice.

Une jeune femme du peuple, debout dans son intérieur, porte entre ses bras un enfant qui regarde en souriant une portée de petits chiens dévorant le contenu d'une assiette posée sur le sol. Un autre enfant plus âgé, une tartine à la main, paraît très-préoccupé de le voracité des dogues et de leur mère. — A gauche, sur une table, un gros pain et une écuelle posés sur une serviette blanche ; à droite un escabeau ; sur une autre table des légumes, différents ustensibles de vaisselle. Dans le fond un bahut, des poteries, etc. A terre, des débris de légumes ; dans un coin un chat rongeant un os.

Tableau d'une qualité exceptionnelle dans l'œuvre de l'artiste.

Signé à gauche : *Munkachy, M.*, 1877.

T. — H., 1^{m},38. L., 1^{m},04.

DU PATY

(L.)

29. — En Reconnaissance.

Signé : *L. Du Paty*, 74.

B. — H., $0^m,24$. L., $0^m,46$.

PETTENKOFEN

30. — Bivouac hongrois.

Trois paysans hongrois sont accroupis autour d'un feu d'herbes sèches, dans une plaine immense. Auprès du groupe, deux petits chevaux debout.

Signé à droite : *A. P.*

T. — H., $0^m,34$. L., $0^m,50$.

PINELLI

(A. DE)

31. — La Prière.

Signé à droite : *A. de Pinelli.*

B. — H., 0m,39. L., 0m,26.

REGNAULT

(HENRI)

32. — Gibier mort.

Un superbe chevreuil mort est suspendu par une patte de l'arrière-train le long d'une tapisserie ancienne, contre laquelle est appuyée une longue épée dans un fourreau de velours nacarat. Au même clou sont suspendues d'autres pièces de gibier, perdrix, faisan, etc.

Œuvre capitale.

Signé à gauche : *H. Regnault*, 1866.

T. — H., 1m,36. L., 1m,05.

SAINT-JEAN

33. — Roses.

Signé à gauche : *Saint-Jean.*

B. — H., 0^m,32. L., 0^m,24.

SCHEFFER

(ARY)

34. — Le Repos du conscrit.

Un jeune paysan breton vient de quitter son village en fête, pour rejoindre l'armée et se repose sur un banc adossé à une cabane de paysan; un chien vient lui lécher la main.

Signé à gauche : *A. Scheffer*, 1824.

T. — H., 0^m,00. L., 0^m,00.

VERBOECKHOVEN

(EUGÈNE)

35. — Moutons, Coqs et Poules.

Fond de paysage avec moulin.

Signé : *Eugène Verboeckhoven*, 1858.

B. — H., 0m,60. L., 0m,80.

VERNET

(HORACE)

36. — Napoléon Ier.

L'Empereur est représenté debout, les bras croisés derrière le dos.

Œuvre très-remarquable du maître.

Signé : *H. Vernet*.

T. — H., 0m,00. L., 0m,00.

VEYRASSAT

(JULES-JACQUES)

37. — Faneuses à Écouen.

A l'ombre des grands arbres, trois faneuses retournent les foins fraîchement coupés. Près d'elles, deux enfants assis ou couchés sur l'herbe et un petit âne font la sieste. Dans le fond la plaine ensoleillée. A l'horizon des collines.

Signé à gauche : *J. Veyrassat.*

T. — H., $0^{m},50$. L., $0^{m},90$.

AQUARELLES ET DESSINS

BAUDRY

(PAUL)

38. — Figures d'étude pour les grands médaillons : *Ægyptus* et *Italia* du foyer du nouvel Opéra.

Dessin signé des initiales P.-B.

DETAILLE

(E.)

39. — Chasseur à pied.

Aquarelle.

LAMI

(EUGÈNE)

40. — Hussard à cheval.

Signé : *Eugène Lami.*

Aquarelle.

LAMI

(EUG

41. — Cuirassier à cheval.

Signé : *Eugène Lami*, 1871

Aquarelle.

MACALLUM

42. — Dessin à la plume, d'après le tableau exposé a l'Académie Royale de Londres en 1875 et au salon de Paris en 1876.

MILLET

(J. FRANÇOIS)

43. — Vertvert.

Aquarelle d'un sentiment comique rare dans l'œuvre de l'artiste.

MILLET

J. FRANÇOIS)

44. — Le Bouvier.

Dessin au crayon noir.

MILLET

45. — Le Bouvier.

Étude pour le précédent.

Dessin au crayon noir, portant l'estampille de la vente Millet.

YAN' DARGENT

46. — Saint Corentin.

Dessin au crayon noir et à la sanguine d'après la fresque de la cathédrale de Guimpes.

SCULPTURES

CLÉSINGER

47. — Faune et Bacchante.

Groupe en marbre blanc.
Socle en marbre brèche.

HOUDON (D'APRÈS)

48. — Jeune Fille.

Buste en marbre blanc.

LANZIROTTI (BARON)

49. — La Danse.

Groupe en marbre blanc.

PRÉAUET

50. — **La Comédie humaine.**

Statue en bronze.

Socle en marbre griotte.

OBJETS D'ART ET D'AMEUBLEMENT

---

51. — Très-riche ameublement de salon, style Louis XVI, en bois sculpté rechampi blanc et en partie doré, recouvert en satin bleu avec ornements en velours frappé, composé de : un canapé, quatre fauteuils, quatre chaises et un pouf. — Galeries et rideaux.

Ce meuble est entièrement neuf.

52. — Deux petits Canapés, dits *marquise*, recouverts en très-belle soierie de Lyon; genre ancien.

53. — Pouf recouvert en ancienne tapisserie.

54. — Belle Table de salon, style Louis XVI, en bois doré et sculpté, avec dessus en marbre vert.

55. — Grande Console, même style, en bois sculpté et doré; dessus en marbre vert.

56. — Deux autres Consoles, plus petites, avec dessus en marbre vert, formant jardinières.

57. — Deux Glaces, même style, en bois sculpté et doré.

58. — Quatre Tabourets.

59. — Deux Gaînes modernes en bois, ornées de bronzes et de pierres dures.

60. — Table en écaille et marqueterie de bois.

61. — Deux Meubles d'entre-deux en marqueterie de bois, style Louis XIII.

62. — Petit Meuble bonheur du jour, à abattant, style Louis XVI, en poirier noirci, orné de bronzes dorés, avec médaillon en bronze doré.

63. — Deux petites Consoles-appliques en bois finement sculpté et doré, époque Louis XIV.

64. — Très-belle Pendule Louis XIV, en marqueterie de Boule, avec son socle.

65. — Garniture de cheminée moderne en bronze sur socle en marbre rouge, composée d'une pendule et de deux candélabres.

66. — Deux Candelabres, style Rocaille, en bronze doré.

67. — Plat ancien en argent repoussé.

68. — Objets divers omis.

TAPISSERIES

69. — Très-belle Tapisserie à personnages, époque Louis XIV.

70. — Tapisserie au point à petits personnages et ornements.

PARIS. — Impr. J. CLAYE. — A. QUANTIN et Cie, rue Saint-Benoît. — [800]

www.ingramcontent.com/pod-product-compliance
Ingram Content Group UK Ltd.
Pitfield, Milton Keynes, MK11 3LW, UK
UKHW020218180726
13838UKWH00005B/2060